사랑의 빛을 비추라

청어詩人選 129

미워하지 말고 사랑해라

| 비추라 · 김득수 시집 |

도서출판 청어

미워하지 말고 사랑해라

비추라 · 김득수 지음

발행처 · 도서출판 청어
발행인 · 이영철
영 업 · 이동호
홍 보 · 최윤영
기 획 · 천성래 | 이용희
편 집 · 방세화 | 이서윤
디자인 · 김바라 | 서경아
제작부장 · 공병한
인 쇄 · 두리터

등 록 · 1999년 5월 3일
(제321-3210000251001999000063호)

1판 1쇄 인쇄 · 2014년 7월 10일
1판 1쇄 발행 · 2014년 7월 20일

주소 · 서울특별시 서초구 효령로55길 45-8
대표전화 · 586-0477
팩시밀리 · 586-0478

홈페이지 · www.chungeobook.com
E-mail · ppi20@hanmail.net
ISBN · 979-11-85482-44-6 (03810)

이 도서의 국립중앙도서관 출판시도서목록(CIP)은 서지정보유통지원시스템 홈페이지
(http://seoji.nl.go.kr)와 국가자료공동목록시스템(http://www.nl.go.kr/kolisnet)에서
이용하실 수 있습니다.(CIP제어번호: CIP2014019837)

미워하지 말고
사랑해라

| 시인의 말 |

지금 이때가
내 인생에서 가장 행복한 때가
아닌가 싶습니다.

세상에서
가장 높고 사랑이 많은
주님의 집에서
청지기 사명으로 삶을 살게 해주시니
난 그 무엇도 부럽지 않고
참 행복합니다.

또한, 예배당 사역이 은혜롭고
날마다 써내려간 삶의 일기가
기쁨의 시가 되니
주님께 감사드릴 뿐입니다.

이런 삶을 통해 시집 6집
『미워하지 말고 사랑해라』를 내놓으니
주님께 영광되었으면
좋겠습니다.

비추라 · 김득수

c·o·n·t·e·n·t·s

3 그대처럼 행복한 자가 있을까

4 이 밤도 사랑의 인사를

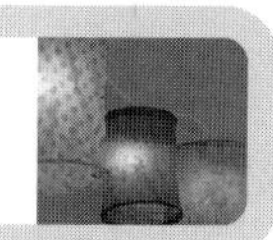

• • • • • 미워하지 말고 사랑해라

1
그대를 사랑하십니다

귀하신
그대를 초대합니다
잘나고 못나고 돈이 있든 없든 출신 성분을
묻지 않으니 빈 몸으로 나오십시오
기쁘게 맞이하겠습니다

달콤한 세상에 빠지지 말라

세상 것을
부러워하지 말고
세상 사람도 그리워 말아라
사람은 언젠간 변하고
나를 버릴 것이다

타락한 세상에
마음을 함부로 내려놓지 마라
스스로 자신이 무너져 악한 세상에 빠져
아름다운 영혼을 잃을까
염려하노라

세상의 많은 프로그램을
짜놓은 사람은 영혼을 잃을 때가 되어도
알지 못하거니와
자신의 모든 것을 잃었을 때야
정신을 차린다

영혼이
깨어 있기를 원한다면
주님의 말씀에 항상 귀를 기울이고
기도하는 삶을 살아야
훗날 맑은 영혼에
축복하신 삶이 찾아오리라 믿는다

깨어 기도하자

이 땅에 많은 백성이
크리스천이라
서슴없이 말하지만
그러나 십자가를 지고 갈 믿음의 식구들이
과연 얼마나 될까 궁금하다

그래도 주님이
이 민족을 사랑하셔서
이스라엘의 촛대를 이 땅에 옮기시고 축복하셨는데
깨어 기도하지 않은 것을 볼 땐
믿음 생활을 너무 쉽게 하는 게 아닌지 모르겠다

조금만 더 자자
단잠에 취해 주일을 지키지도 못하고
달콤한 세상에 빠져 각 예배를 빼먹으니
예배당은 유럽의 교회처럼 텅 비어 가고
주님과 점점 멀어진 것 같아
가슴이 답답하다

의인 열 명만 있어도
이 땅을 멸하지 않는다는 주님의 말씀이
아직도 유효한지 죄 많은 이 죄인이
회개의 기도를 조용히 드려본다

주님을 향한 찬양

그대의 믿음과
찬양이 함께하는 주 사랑
꽃은 피고 져도 사시사철 식을 줄 모르고
그대 인생에 감사할 수밖에 없는
주님을 향한 사랑이
은혜롭습니다

유혹하는
세상은 신뢰할 순 없어도
주님의 사랑은 삶 가득히 소망하시고
찬양으로 열매 맺으니 그대가
아름답습니다

주일마다 오선지를 따라
요정처럼 춤추는 피아노 건반 위에
부드러운 손길이 그대 목청을 높이고 바이올린
현 음이 함께 따라올 땐
주님을 위한 영광이 환상적으로
흐릅니다

그대가 주 사랑을
찬양으로 화답할 때마다

말씀은 더욱 충만해지고 어둔 세상은 밝아와
혼탁한 영혼 또한 백옥처럼 고와
성전은 주님 사랑으로
은혜가 넘칩니다

–전동숙 집사 찬양을 감상하며

그대를 기다립니다

주 안에서
사랑하던 그대가
성전에 한 주만 안 보여도 궁금하고
그토록 보고 싶은데
장기 결석한
그대의 빈자리를 쳐다볼 때마다
눈물이 납니다

혹 어느 누가
아프게 하던가요
그댄 세상에 빠져 이길 힘도 없을 것인데
세상 따라 빠지기라도 할 작정이신지
걱정이 됩니다

그러나
그럴 순 없는 일입니다
그대 앞에는
주님이 지켜보시고 등 뒤에선 사랑하는 형제가
눈물로 기도하고 있기에
세상에 그대를 빼앗길 순
없습니다

이젠 그만
아파하시고 주님께 나오세요
성도들이 성전을 가득 메워도
그대의 한 자리가 얼마나 소중하고 쓸쓸하게
느껴지는지 모릅니다

그대 오는 길목을
고운 카펫을 깔아 놓고 기다립니다
세상에 얼룩진 눈물을 깨끗이 씻고
단정한 몸가짐으로
주님 앞에 서기를 기대합니다

예배당 앞자리는 금 자리

담임 목사님이
앞자리를 금 자리라 하시기에
평소에 앉았던 뒷자리를 멀리하며
금 자리를 점령하기 위해 연로하신 권사님
장로님이 앉아 계시는 자리에
엉덩이를 비집고 슬금슬금 들어간다

잘 못 하면 눈총 받고
사랑받지 못할 것 같아 눈웃음치며 두 손 꼭 잡고
권사님의 지난 안부를 물으며
예배 시작 전 사랑의 인사를 나눈다

목사님과
눈을 마주치며 말씀을 집중하니
예배 시간 내내 뒷자리에서 맛볼 수 없었던 은혜의 말씀이
가슴에 와 닿는다

와 그래서 S석보다 로열석이 비쌌구나
정말 금 자리가 따로 없네
지난날 맨 뒷자리에서 예배가 끝나기 무섭게
가방을 들고 뛸 생각만 했는데
왜 그랬을까

예전 여의도
순복음교회를 다니면서
교구 버스를 놓칠까봐 축도가 끝나기 전
뛰긴 시작했어도
지금은 그것도 아닌데
집에 꿀단지라도 모셔 놓았는지
금 자리를 마다하고 세상과 가까운 뒷자리에서
주님의 은총을 놓쳤는지 모르겠다

나를 울린 사도 바울

나는 성경을 읽을 때마다
은혜 충만한 말씀에 울기도 많이 울었다
부모도 함께해주지 못한 아픈 마음을
위로해 주었기 때문이다

믿지 않는 사람은
성경이 딱딱하고 지루하다고 하는데
나에게는 올바른 길로 인도하신 말씀들이었기에
늘 감사하지 않을 수 없다

성경에 기록된 말씀에
많은 은혜를 받게 되었지만 날 아프게 한 부분도 있다
예수님이 십자가에 못 박혀 돌아가실 때와
그리고 바울이 지켜보는 앞에
스데반 집사가 순교하는 그 순간들이다

"주여 이 죄를 그들에게 돌리지 마옵소서"

난 스데반 집사님의
그 한마디에 얼마나 많은 눈물을 흘렸는지 모른다
그리고 인격적이지 못한 바울이 너무 악하다 생각했는데
나중에 바울이 주님을 따르고 그 행함에

나는 또 한 번 울었다

그 많은 이야기를
성경을 읽지 않고서는 해명할 수 없다
나의 길이요 생명이신 주님을 알게 한 배경 뒤에는
현명하고 성령 충만한 바울이 있었기에
주님의 말씀이 더욱 가까이
다가왔는지 모른다

바울은 그 시대에
많은 신약을 성령 충만하게 엮어 놓았기에
그의 자취를 따라 목회자들과 함께 그가 순교한
로마 참수터를 찾아 난 가슴을 적시며
감사의 기도를 드리게 되었다

소나무를 뽑아라

오늘은 기도원
성전 앞바닥에 방석을 깔고
부르짖으며 기도하는데
강사님의 말씀이 얼마나 불같이 뜨거운지
내가 성령 충만하고 소나무를
몇 그루를 뽑고도
남을 것 같아
옆에 누워 있는 병자를 안수하면
곧 나을 것만 같다

긴 방언 기도가
깊어지나 싶더니 주님이 주신
메시지가 내 입가에서 예언으로 쏟아지는데
이 나라 이 민족을
그토록 사랑하신다고 하신다

예배를 마치고
영안이 열린 듯한
은사를 받고 식당에서 식사하는 중 전화가 왔는데
가뜩이나 어려운 작전동 세차 사업장에
자릿세를 올려 달라니 먹은 게
체할 것 같다

속이 상해
받은 은혜도 잊고
하산 길에 맘이 무거워진다
기도를 열심히 해놓고 근심이 가득히 쌓여
무거운 짐 내려놓기는커녕
크나큰 소나무를
다시 심게 되었으니
오도 가도 못하고
며칠 더 기도원에 머물러야
할 것 같아 배낭을 다시 푼다

스잔님 뵙고 싶습니다

사랑하는 스잔 자매님
요즘 예배당에 모습이 통보이질 않으니
혹 세상을 방황하며
쌀쌀한 날씨에 떨고 있는 건
아니신지요

아니면
몸이 아팠거나
악한 사탄에 붙들려 벗어나지 못하는지
시험과 환난도 당신은 주 안에서
현명하게 이겨내실 줄
믿습니다

무거운 마음을
정리하신 대로 나오세요
성령의 기도로 난 성전에 불을 환히 밝히며
당신을 기다리겠습니다

미소 짓는
당신의 고운 모습은 여러 형제자매님의
아름다운 친교가 되었기에
이번 추수감사절엔 꼭 함께
예배드리기를
소망합니다

행복이 가득한 세상

나그네 인생
험난한 가시밭길을 수놓고
파란만장한 삶이 펼쳐진다 해도
아픔 속의 꽃은
곱게 피고 믿음 또한
영원하리라

지금은
비록 삶이 힘들고
그로 말미암아 육신이 자유롭지 못하지만
눈물 맺힌 기도에
그 사슬은 소리 없이 풀리고
꿈꾸던 소망의 길은
멀지 않으리라

홀로 가는 세상
영혼이 슬프고 나의 길이 외로워도
주를 바라보며 꾹 참고 가다 보면
세상은 축복과 행복이
찾아오리라

새롭게 거듭나는 영혼

내 인생에
가장 기쁜 날이 있었다
신앙생활을 하면서 어느 날 서리집사
직분을 받게 되었기 때문이다

세상 그 무엇도
부러울 게 없었고 대기업 사장도 부럽지 않은
내 인생에 가장 행복한 날
난 동네 분들을 모시고 복음 가수까지
초청해 상다리가 부러지도록 차려
찬양으로 주께 영광을 올렸다

기도만 하면
모든 게 이루어지고
회사에선 신우회를 만들어 열심히 하다 보니
꿈속에 예수님까지 보였다

그러나 그 믿음은
잠시뿐 영과 육이 방탕한 길로 끌려가니
고난이 찾아와 직장과
가정을 뒤흔든다

수년 동안
정신을 차리지 못하니
연단은 길어지고 영혼이 상해 삶은 비참하다
어디에서 오는 고난인지
난 주님께 매달려 회개 기도를 수개월
하는 동안 직장, 교회, 가정 문제가
다시 회복되어 삶이
행복해졌다

이젠 어두운
세상에 빠지지 않으리라
주님의 첫사랑을 회복하며 믿음을 쌓으니
연단으로 다져진 내 영혼은
새롭게 거듭나고 있다

섬김은 아름다워야 한다

예수를 믿는 성도는
누구나 주 하나님을 섬기는 것은 기본이고
또한 주님의 종을 섬길 수 있음이
믿음의 자녀로 아름답다

주님을 섬긴 자는
이미 내 생명을 얻었음이오
내 이웃과 세상을 섬긴 자 또한
주님을 섬김과 같이
축복함이더라

섬김이란
내 마음에 있는 자 없는 자
상관없이 모두 섬길 수 있음이 아름답고
그러나 생색과 이익을 내고자 하는 자는
자기 자랑과 의를 드러냄과 같이
은혜롭지 않다

남을 섬기고자 한다면
무엇을 섬겨야 할 것인가를
그분을 보면 생각나는 게 있을 것이고 그 손길 위에는
반드시 축복이 따를 것이다

섬김은 때로는
오른손이 하는 일을 왼손도 모르게 하는 것처럼
자신도 모르게 은밀히 할 수 있음이
더욱 아름답고
섬김을 받는 분에게 부담을 주지
않을수록 좋다

그대를 사랑하십니다

귀하신
그대를 초대합니다
잘나고 못나고 돈이 있든 없든 출신 성분을
묻지 않으니 빈 몸으로 나오십시오
기쁘게 맞이하겠습니다

죄를 지었으면 어떻습니까
우리 모두 죄인이었기에
회개하는 자에겐
죄는 두 번 다시 묻지도 따지지도 않고
주님께서 죄를 모두 탕감해 주실 것입니다

지금까지
고생하신 마음의 병 육신의 병도
모두 치유 받고 주님의 측량할 수 없는 사랑으로
삶을 살 수 있는데 무얼 재고
망설인단 말입니까
주저하지 말고 무거운 짐 내려놓고
어서 오십시오

주님은 그대를
사랑하셔서 뵙기를 원하니

주일 아침 세수 깨끗이 하시고 성경책 옆에 끼고
예쁜 모습으로 예배당에 나오십시오
우리 모두 사랑으로 맞이하실 것입니다

주님과 얼마나 가까운가

믿음 생활은
예수를 믿은 지 오래되었든
모태신앙이든
직분이 높든 낮든 문제될 것 없이 주님과 나의
관계가 얼마나 깊은가를
생각해야 한다

대부분 성도가
주일은 잘 지킨다 해도 얼굴만 살짝 내밀고
주님과 눈을 맞출 시간도 없이 성전 뜰을 밟고 지나가니
바람만 불면 날아갈 나약한 믿음으로
천국에 들어갈 준비가 안 된
세상과 가까운 신앙이다

예배당에선
형제들에게 천사처럼 사랑이 많다 하나
가정이나 세상에서 행함은 민망할 정도로 나약하니
예수를 믿는다 해도
골고루 섬기지 못한 사랑
편식하는 믿음이라

천국과 지옥은 자기 스스로 간다

예수를 믿으면
천국에 모두 가는 것은 아니다
믿음 생활이 오래되었고
아무리 열심히 했다 해도 그 행함이 아름답지 못했다면
성경 말씀대로
천국의 문은 낙타가
바늘구멍에 들어가는 것보다
어려울 것이다

또한, 자신의
믿음 생활에 천국과 지옥을 갈 자인가
아닌가는 이미 정해져 누가 말하지 않아도
자신이 더 잘 알고
천국과 지옥은
때가 되면 자신이 알아서
스스로 찾아갈 것이다

기도는 주님께서 주신 선물

주님은 우리에게
항상 기도하라 하시는데
환난이 다가올 때까지 기도하지 않으니
작은 일에도 잘 넘어져
연단을 받는다

기도하지 않은 자는
환난이 올 때마다 주님을 의지하지 않고
인간을 찾아다니며
문제를 해결하려고 하나
만족하지 못해 낙심하고 만다

고난이 찾아올 때마다
자신을 원망하며
나에게만 자주 찾아오는 고난이라 하는데
앞을 내다보지 못한 나에게
주님께서 기도하라는 메시지인 만큼 좌절치 말고
깨어 기도해야 한다

세상 친구들은
행복하게 잘 지내는 것 같아도 그 가정에
문젯거리는 알게 모르게

있을 것이다

기도로 깨어 있는 자는
어떠한 환난이 다가와도 잘 이겨낼 수 있으며
설상 환난과 고난이 찾아왔다 해도
얼마 있지 않아 떠나갈 것이다

이렇듯 기도는
주님께서 우리 인간에게 준
가장 큰 선물이기에 늘 깨어 기도하며
감사해야 한다

이단에 빠진 자는

예수를 믿던 자가
사탄의 사주를 받아 양의 가면을 쓰고
예배당에 출입하는 것은
예수를 판자와 같이
그 어떤 자보다 죄는 더하리라

아무리 이단들이
성경을 들고 미소 짓는 모습으로
마음을 포장한다 해도 그 자에게 나오는 향은
악취가 나고 머문 자리 또한
아름답지 못하다

요즘 들어 세상은
이단들이 극성맞게 설치지만
그러나 신은 오직 한 분이신 주 하나님이시니
이단은 한 세기도 안 되어 바람결에
날아갈 잔 겨와 같도다

이단을 섬긴 자는
이미 악한 영으로 사로잡혀
지옥불에 던져질 영혼이지만 주님이 용서할
기회를 준다면 더 늦기 전에
죄를 회개하고
주님 품에 안겨야 할 것이다

나는 빚진 자

나는 빚진 자인가
받기만 하고 베풀지 못한 자신의
염치없는 죄인이 되었다

처음 성전에 왔을 땐
말라깽이 머슴이 이젠 살이 너무 올라
보기에 민망할 정도로 포동포동해졌다

주님 전에서
주저하지 않고 천국의 것을 미리 받으니
봉사 없는 믿음에 천국의 길은 멀기만 하다

나보다 못한 형제도 많은데
친혈육보다도 더 가까이 섬겨 주시니
눈물 나게 고맙지만 형제들에게
난 빚진 자가 되었다

그동안 받은 것에 감사하며
가슴에 간직한 그 이름들을 놓고
하나하나 주님께 기도를 드리고 있지만
난 언제 그 빚을 다 갚을까

–염치없는 머슴이

소명을 받은 그대

주 안에서 거듭난
그대 영혼은 매우 아름답습니다

수년을 자신의
모든 일을 제쳐 놓고 주님 일에 임하시고
지칠 줄 모르니
그대는 진정 전도의 사명자이십니다

하루의 모든 시간을
빠지지 않고
봉사와 전도를 위해 힘을 쏟아 주시니
그대의 헌신은 어둔 세상에
빛과 소금이 됩니다

잃어버린 양을
애타게 찾아다니며 낙심한 형제들을 다독여
사랑으로 섬겨주시니 모두가
은혜 충만합니다

그대는 소명을 받은
주님의 자녀인 만큼 가까이할수록
성도들에게 믿음의 확신을 안겨 줍니다

–친구 조동이 권사

주시옵소서

집에 쌀이 떨어져
배를 곯게 되어 예배당에서
기도를 드리는데 그 기도는 하나도 못하고
죄 많은 죄인 용서해 주시라는
기도만 나온다

주님, 주시옵소서
도와주시옵소서
기도만 하면 먹을 끼니를 구할 것 같은데
왜 그런 기도는 나오질 않는지 모르겠다

지난날 너무 쉽게
믿음 생활을 한 나머지 주님께 염치가 없어
기도가 제대로 나오지를 않는가 보다

그러나 회개 기도를
수개월을 하다 보니 그동안 얽히고설킨
일들을 주님은 알아서 풀어주신다

그래도 못난 나를
용서하시고 사랑하셔서 먹을 양식과
푸른 초장에 가정을 인도하시니
눈물 나게 감사하다

성령 충만한 여장부

성령 충만한 당신은
행하는 일마다
여장부처럼 다부지면서도 사람 좋고
성품이 고와서 바라볼수록
정감이 갑니다

사랑이 가득한 당신은
예배당 형제자매들과 어려운 이웃을 돕는
손길이 그토록 아름다운지
하늘의 축복이 가득하리라
믿습니다

주님의 일이라면
바쁜 삶에 지친 몸을 이끌고
발이 닳도록 주님의 몸 된 교회를 섬기니
믿음의 열매는 정금과도 같이
눈이 부셔옵니다

교구와
목장 식구들을 섬기며
부르짖는 성령 충만한 기도로
성전에 악한 사탄 세력을 꾸짖으시니

마귀들이 성전에 틈 타지 않아
당신 또한 이 시대에 숨겨 놓은
기도의 용사가 아닌가 싶습니다

–사랑이 많은 박관순 권사

나는 바리새인

새벽 예배 시간에
초라한 노숙자가 예배당에 찾아왔다

그가 하나님 하며 기도하기에
집을 나간 탕자가 돌아왔구나 하고
방송실 마이크를 조절하며
그를 바라보았는데 기도와 맞지 않게
조용한 성전이 시끄러워진다

어느 권사님이 날 보고
눈치를 주는 걸 보니 내 보내라는 것 같다
난 그분을 데리고 밖으로 나왔다
그런데 배가 고프다고 한다
형제님 그러시면 사무원이 나오는 시간이나
아니면 주일날 세수 깨끗이 하고 오세요
그땐 식사와 커피를 줍니다

밖은 오월이라
날은 빨리 밝아 오고
난 그분에게 왜 이렇게 사느냐고 말을 했는데
그가 나에게 하는 말
요즘 성전에 아픈 사람들이 있느냐고 묻는다

난 그분의 얼굴을 자세히 보니
순간 예수님의 얼굴이 비친다

이야기를 조금 나눈 뒤
그를 보냈는데 식사라도 하게 지갑을
열었더라면 좋았을 것을 늘 당했던 생각만 하고
그를 보냈는데 뒷모습을 보니 나 자신처럼
처량해 마음이 아프다
저분이 만약 예수였다면
주님은 날 어떻게 생각했을까

나도 참 못났구나
바리새인이 따로 없네
겉으론 거룩한 척하면서 섬기지 못한
자신이 원망스러워
하루가 우울하게 지나간다

사랑의 부평 목장장

같은 하늘 아래
아직 때 묻지 않은 당신과 믿음 생활을
함께할 수 있음이 기쁨이고
축복입니다

주 안에서
만난 인연인 만큼 반갑고 마음을 나눌 수 있어
형제자매처럼
그 얼마나 정이 가는지
모릅니다

또한 험한 세상에
목장 식구들의 울타리가 되어
양들을 늘 푸른 초장으로 인도하신 것처럼
사랑으로 섬겨 준 당신은
사랑의 천사입니다

영혼이 맑은
당신을 바라보면 내 마음조차 평안해지고
못난 마음도 곱게 다듬어지니
그저 감사할 뿐입니다

–영혼이 맑은 김평완 권사

죄를 회개해라

방탕한 세상에
영혼을 함부로 내어 주지 말고
죄를 짓지 마라
죄를 지었으면 회개하고 죄에서
자유로워져라

가슴에 숨긴 죄는
나중 그 죄가 반복해서 죄를 범하고
죄가 쌓이면 죄를 지어도
죄가 죄인 줄 모른다

죄를 키운 자는
그 죄로 말미암아
사망의 싹이 되고 그 영혼은 죽어
훗날 심판은 자기 스스로 할 것이다

험난한 죄로 인생을
거칠게 살았다면 아직 늦진 않았다
쌓아둔 죄를 모두 용서받고
편안한 삶을 살아야 할 것이다

소중한 성경책

성경책을
짐이라 생각하지 마라
어디를 가든 주님을 사모하는 맘으로
성경을 가슴에 품어라

이 세상 성경보다
더 값진 게 있겠느냐
나를 지키는 성경은 평생을 함께할
소중한 말씀들이다

우리의 무기는
창과 방패가 아니라
주님의 말씀이기에 자신의 영혼을
성경에 묻고 따르라
말씀을 들고 나가는데 감히 악령이 달라붙고
죄악에 빠지겠느냐

주의 말씀은 내 발의 등이요
내 길에 빛이라 했다
먼 여행을 떠날 때나 예배당을 찾을 때엔
성경을 반드시 가지고 다녀라

또한 대 예배를
작은 스마트폰 하나로 대신하겠느냐
말씀은 스크린에 자막보다
자기 손때 묻고 예수의 피가 묻은 성경을
보는 것이 은혜롭다

그리고 교회 뒤편에 비치된 성경은
새 신자를 위해 남겨 두어라

응답받기를 원한다면

주님을
만나 뵙기를 원한다면
기도처에선 깨어 졸지를 마라

기도처에는
성령도 악령도 함께하기에
남들이 밤낮 부르짖어
토해 놓은 악령이 묻혀 올까 두렵다

기도처를 찾아
문제만 내려놓고
깨어 기도하지 않는 자에게는
성령이 임하지 않는다

그러나
짧은 기도에도 축복하고
응답하셨다면
무언가 자신이 주님께
예쁜 짓을 했을 것이다

2
너 하나만 있어도 좋겠다

말 한마디에
정든 친구와 다투고
온종일 사랑하는 사람에게까지
설움을 받으니 마음 의지할 곳 없다

미워하지 말고 사랑해라

친구와 원수처럼
지낸다고 그를 악하다 하지 말라

또한 자신을
선하다 여기지도 마라
선한 자의 칼날이 더 날카롭고 그 칼날에
자신이 엎어질 수 있다

아무리 친구가 날 미워해도
감정에 치우쳐 옳고 그름을 판단치 마라
그만큼 자신도 악할 수 있고
악한 것이 나에게서부터 임할 수도
있기 때문이다

선천적으로 그가
마음이 산만하고 악하다 해도
그 영혼을 위해 사랑의 기도를 해주라
마음이 돌아오면
선한 동역자가 될 수도
있을 것이다

주님이 그를 나에게

붙여준 데는 무언가 이유가 있을 것이다
그를 보고 나 자신을 다듬어라

사랑이란
좋아하는 이보다
날 미워하는 그를 더 사랑해 주는 것
그게 서로 신뢰할 수 있는
사랑일 게다

잊을 수 없는 사람

피 묻은
스테이크를 보면
생각나는 사람이 있습니다
힘든 삶에
잘 먹어야 한다고
당신의 스테이크까지 더 썰어주시던
사랑하던 사람이 있었습니다

세상에서
가장 천한 나를 사랑해 주고
추운 겨울에 따뜻한 잠바를 입혀
목도리를 매어 주고 얼어붙은 손목을 녹여 주던
사랑하는 사람이 나에게도 있었음을
세상 사람들에게 알리고 싶습니다

가시밭길 같은
삶 속에 눈물을 닦아 주고
날마다 나를 위해
간절히 기도를 해주던 천사와 같은
사람이 나에게도 있었습니다

–존경하고 사랑하는 장 목사님

복음의 동역자

그대 가는 곳엔
주님의 말씀이 항상 함께하시고
믿음으로 열매를 맺으니
그대의 삶은 아름답습니다

그댄 잔잔한 미소에
가슴속 베풀 수 있는 잔정이 가득하기에
가까이할수록 형제자매간의
우애는 깊습니다

바쁜 삶에도
주님과의 약속은 저버리지 않고
그의 나라와 그의 의를 구하기 위해 휴대전화에
성경 말씀을 띄우니 말씀은 땅끝까지
메아리쳐 말씀은 어디에서든 임합니다

항상 좋은 말씀을
카카오톡에 담아 보내올 때마다
말씀으로 다시 태어나니
그댄 이 시대에 말없이 복음을 전하는
전도의 동역자가 아닌가 싶습니다

–복음의 동역자 유순자 권사

임플란트를 하고 싶은데

오십이 넘어
어금니가 빠지고 모든 치아가
허술해지니 음식 섭취하기가 어려워
위에 지장을 준다

큰돈이 있어야
임플란트를 해놓는다는데
지금 가진 것도 없고 옆에 치아까지
부실해 걱정이다

어금니가 없는 공간이
너무 허전하고 누가 볼까 창피해 입을
꼭 다물 수밖에 없다

어느 분은 기도했더니
황금 치아가 나왔다고 간증을 하기에
믿어지지 않지만
나도 기도를 해 보았다

그러면서
매일 빈자리에
치아가 들어섰나 하고 혀를 대본다

가능치 않은 일
결국 웃음만 나오고
세상 나처럼 속 보이는 사람이
또 있을까

깊은 잠을 잤습니다

난 그동안
너무나 깊은 잠을 잤나 봅니다

잠시 꿈을 꾼 것 같은데
정신을 차리고 보니 세상은 많이 변했고
난 나이가 들어
인생 절반이 허무하게
흘렀습니다

내 인생에
해야 할 일은 아직 많은데
어느새 일터를 떠나게 되었으니
모든 것을 내려놓을 때가
왔습니다

마음은
엊그제 그 청순한 소년과 같은데
그러나 거울 앞에선
내 모습은 어딘가 모르게
낯설어 보입니다

성전에 숨은 일꾼

그대는
여호수아처럼
힘써 일하고 어떠한 역경도 굴하지 않고
성전을 내 몸과 같이 섬기는
숨은 일꾼이자
소명을 받은 자라

또한 형제간에
사랑과 우애가 그토록 두텁고 아름다운지
성전에 든든한 울타리가 되어
반석 위에 모퉁이 돌 같이
우뚝 선 작은 예수라

그대의
따뜻한 사랑의 손길과
열정적인 전도의 사역이 땅끝까지 이루고
전도의 끈을 끝까지 놓지 않으니
주님 보시기에 아름다운
빛의 사자라

–주님께 붙들린 박승진 집사

그대는 안녕하십니까

스트레스를 받으면
받을수록 영은 죽어가고 육신까지
질병으로 다가온다

그러나 스트레스를
얼른 풀어헤치고 긍정적인 생활로 이어진다면
스트레스는 멀어지고
삶을 살아가는 지혜까지
얻을 수 있다

아무리 짜증스럽게
다가오는 스트레스라도 마음먹기 달렸기에
기쁨으로 받아들이며
즐거운 마음을 유지할 수 있음이
스트레스를 해소하는 것이다

그렇듯 자신은
자신이 지킬 수밖에 없기에 삶에 좋지 않은 것은
될 수 있으면 빨리 잊어야 한다
매사에 역정을 내거나
화가 깊으면 깊을수록 병은 하나씩
더 늘어난다

스트레스를
푸는 방법은 길게 말할 것 없다
지겹게 다가오는 스트레스를 기쁨으로
승화시켜 즐겁게 사는 게
매우 좋다

섬김이 아름다운 당신

당신의 마음은
언제나 주님을 향한 사랑이라
궂은일 마다치 않고 형제자매들 사랑으로
섬겨주시니 성전은 기쁨이 넘치고
하늘의 영광이 됩니다

주님께 순종하는 당신은
옷도 그리스도식으로 가지런히 잘 입고
영혼 또한 흐트러짐 없이 고와
당신은 누가 보아도
주님의 귀한 딸입니다

해를 바라보는
수줍은 해바라기처럼 주님만 바라본 당신
가까이 갈수록 밝은 미소와
마음이 예뻐서
함께하는 형제자매들
당신의 순수한 믿음을 따라가게 합니다

가정에서는
지혜롭고 알뜰한 현모양처요
성전에선 사랑이 가득한 하얀 천사라

샘솟는 그 사랑 어디에서나
빛과 소금입니다

–섬김이 아름다운 최월순 권사

국회에 보내는 메시지

예로부터
우리나라는 외세의
수많은 침략이 있었음에도 나라 여야가
자기 이익을 위해서
물불을 가리지 않고 지금껏 싸우고 있었으니
이 나라를 지켜 온 게 놀라운 은총이
아니겠는가

그러나
우물 안 개구리처럼
다투기보다는 앞을 내다보며
드넓은 세상을 품어 지혜로운 마음에
동방예의지국의 자존심을
지켜야 한다

사회 정의 구현을 위해선
자신과 국민을 속이지 마라
요즘 정치 세도에 온갖 부패로 가득한데
국민의 눈앞에 자신의 얼굴만 가린다고
죄악이 깨끗이 지워지겠는가

바른 법은 국민이 더 잘 알고

심판은 국민이 할 것이다

국회의원은
국민을 대표하는 일꾼이라
서로 뜻이 맞지 않더라도 존중하며 기도하라
또한 자랑스러운 태극기 앞에
나라를 생각하며
협력으로 시작해서 사랑으로 끝을 내
나라에 아름다운 선을
이루어라

–답답한 국회를 보며

지구의 암 덩어리 일본

가깝고도 먼 나라 일본
아무리 용서하고 사랑하려고 해도
간사스럽고 야비한 쪽발이라는 이유 하나만으로
정이 가지 않는다

선조 때부터
섬나라의 못된 근성을 가진 일본
양심이라고는 하나도 없고 예나 지금이나 틈만 나면
해적처럼 침략을 일삼고
그토록 많은 동양인을 학살했어도
반성하지 않고 뻔뻔스럽게
고개를 쳐든다

그동안 동양 주변국들이
순한 양처럼 수없이 목을 내놓고 죽임을 당했어도
아무 말 없이 지내는 걸 보면
마음이 관대한 건지 아니면 착한 건지
알 수가 없다

아직도 철들지 않은 폭력배들처럼
대륙을 넘보는 일본인들인데 그들을 키워
자기들 이익을 챙기는 보스 세력 미국을 보면

이젠 어느 나라가 적국이고 우방인지
분간할 수 없다

이리저리 잔머리 굴리며
싸움을 시켜 무기를 판매하는 미국도
언젠간 그들에게 큰코다칠 것이고 아무리 힘을 앞세운
일본이라 해도 신에게 도전할 순
없는 일이다

우리는 버릇없는
그들을 대적하지 않아도 일본은 우리 앞바다의
방파제 역할을 해주기 위해 만들어진 나라인 만큼
신은 예고 없이 그들을 치실 것이기에
신은 그저 위대할 뿐이다

–잔인무도한 일본을 보며

사랑도 때가 있나 보다

친구들은
공원에서 쌍쌍이 팔짱을 끼고
다들 데이트를 하는데 난 왜 못하는 걸까

회사에선 열심히 일해
사장님께서 칭찬이 자자하고
동네에선 어린아이들과
어르신네들 잘 모셔 좋은 말씀 많이 듣는데
여자들 앞에 나서질 못하니
정말 문제다

친구들은 옷도 잘 입고
말도 잘해 여자 친구들이 줄줄이 따라다니는데
난 좋은 옷을 입어도
촌티만 흐르고 여자들 앞에선
고개도 못 드는
숙맥인지 모르겠다

친구들이 모이면
멋진 춤에 재능들이 많던데 난 춤을 추려고 해도
어색하고 얼굴이 얼마나 화끈거리는지
실수나 하지 않을까

자리를 피해 버린다

또한, 친구들과 미팅해
술 한잔을 하게 되면 가슴이 멈춰오고
땅이 흔들리는지 홍당무가 되어
술은 사양하지만 짓궂은 내 친구들의 권유가
여자 친구들에게
웃음거리를 만든다

그러던 어느 날
나에게도 예쁜 여자 친구가 생겼다
기도원에서 기도하다 좋은 말을 많이 해주던
성경 속 미디안 십보라 같은
자매를 만났는데 속이 얼마나 깊던지
결혼을 약속해
친구들로부터 축하를
받게 되었다

−20대 이야기

신혼 첫날밤

어느 가을날 예식을 마치고
신혼여행을 가기 위해 가방에 짐을 쌌다
그러나 어머니는 집에서 신혼 밤을 보내라고
그동안 저축을 해놓은 돈을 주지 않아
신혼여행의 꿈은 깨지고 말았다

우린 서대문에 있는
영화관에 십계를 보고 돌아와
기울어 가는 서울의
염리동 기와집에 신혼 침실에 들려고 하는데
연탄불은 꺼지고
바닥에 깔아 놓은 새 이불은
한 사람밖에 못 잘 이불에
말이 아니다

속이 상해버린
색시는 달빛 창가에 하염없이 앉아 있어 쌀쌀한 날씨에
감기나 들지 않으려는지
그러나 밤은 깊고 잠은 자야 했기에
결국 색시가 이불에 들어오긴 했는데 이게 웬일인가
요가 너무 좁아 차가운 방바닥에
떨어질 것만 같아 둘이는 꼭 잡을 수밖에 없다

그래도 바람이라도 막아 준
집이 있었기에 신혼 첫날밤은 잘 보냈는데
문득 좁은 이불이 궁금했다

그것은 평소 데이트 때
둘이 2m 이상 떨어져 다녔기에 그것을 본
동네 여집사님들이 만든 이불이라 한다
누가 신혼 밤을 못 보낼까 봐
별걱정을 다하시는지 작품치고는
고상하고 웃음이 나온다

그 후 수줍음 많은
우리 부부는 다정하게 두 손을 꼭 잡고
다니게 되었는데
신혼 준비를 제대로 못 한 나를
색시는 호되게 탓한다

커피 한잔에 행복한 아침

아침이면
그대의 커피가 그립습니다
커피잔에 애정을 쏟는 그대의 존재가
침묵한 아침과 내 영혼을 깨우기
때문입니다

아침을 맞는 뜰 안에
칸나꽃이 아침이슬에 촉촉이 맺힐 때
구수한 원두커피 향이 코끝에 은은히 다가오고
브람스 음악이 감미롭게 흐를 땐
삶에 행복을 느낄 수 있어
참 좋습니다

하루를 시작하는
사랑의 기도와 커피잔에
그대 잔잔한 미소가 묻어날 땐
즐거움으로 함께하는 하루의 해는
너무나 짧기만 합니다

천하의 양귀비도 싫다

사랑 하나로
평생을 여인에게 저당 잡힌 인생
그야말로 사슬 없는
감옥이라

자유로워지고 싶어도
꿈을 위해선 앞만 보며 가는 여인이라
사내의 허리가 휘어도
다독여 주기보다는
잔소리뿐이다

미모는 양귀비처럼
아름답다 해도
빈틈 하나 없는 억척스러운 여인
마주하기엔 자유롭지 못해
불평을 늘어놓다간
언제 불똥이 튈지 모른다

육신이 나약해지면
보장받을 수 없는 인생
늦기 전에 뱃길 닿지 않는 섬에
여정을 풀어 시달린 영혼
내려놓고 싶다

사랑으로 존경하는 최창호 교사

나의 친한 친구 중
고등학교 교사가 있는데
얼마나 헌신적이고 학교 내에서 사랑이 많은지
나의 옛 스승을 보는 것 같아
최 교사의 글로 대신해 본다

학교 학생들이 사춘기인 만큼
편안할 날 없이 사고를 쳐 대는지
밤낮 경찰서에 불려 다니며
뒤처리를 하고 정학 처리를 당할 때마다
대신 무릎 꿇고 교장 선생님께 용서를 구했던
학생부장인 최창호 교사가 부모님 이상으로
자상하고 위대했다

가엽고 없는 학생들에겐
사비를 털어서까지 도와가며 어린 영혼들이 잘 되라는
기도를 아끼지 않았다
학교도 부모도 버린 자식이라 그 누구도 거들떠보지 않는데
그런 제자들을 사랑으로 다독여
꿈과 소망을 안겨주었다

교내에 어려움이 닥쳐올 때마다
학생들을 지키기 위해 자신을 그토록 희생하다

뜻하지 않게 교편을 놓게 되었는데
그 아픔은 세상에 알려져
교육계에 없어선 안 될 교사로
각 언론과 그리고 학부모님들이 찾아와
찬사를 아끼지 않았다

지금은 최 교사가
교직에서 물러났는데
말썽을 부리던 옛 어린 학생들이 결혼해
어린 자녀를 데리고
선생님을 찾아왔는데 얼마나 잘들 성장했는지
아름다운 모습들을 볼 때 그 보람은
하늘을 찌른다

이렇듯 최 교사 같은 분들이
많았기에 난 어릴 때부터 선생님을 존경했는지 모른다
지금 나의 선생님들은 어느 하늘 아래 머물고 계실는지
아직 살아 계시리라 믿지만 찾아뵙지 못한 게
눈물 나고 죄인처럼 느껴진다

"나의 선생님들 존경하고 사랑합니다
언제나 몸 건강히 지내십시오"

사랑으로 도전해야 할 사람

그와 난
만나지 말았어야 할 인연
그러나 삶을 함께 공존할 수밖에 없는
운명이었기에
원치 않아도 사랑으로
섬겨야 할 사람

멀찍이 떨어져도
지겹도록 따라다니며 툭 하면 상처를 주며
할 말 못할 말 다 해버리고
자기는 뒤끝이 없다고 하니
남 배려라고는
눈곱만치도 없는 자

원수라고는 하지만
그렇다고 매일 보는데 마음을 꼭 닫고 살 순
없는 일이고 끝까지 인내하자니
밑 빠진 독에
맘을 쏟는 격이니 인연을 끊기엔
영혼이 한없이
불쌍한 자

긴 세월
마음을 꼭 닫고 존경받지 못한
그의 속내에 끝은 어디까지였는지
그와 선으로 화합하는 그 날까지
사랑으로 도전할 수밖에
없는 사람

너 하나만 있어도 좋겠다

말 한마디에
정든 친구와 다투고
온종일 사랑하는 사람에게까지
설움을 받으니 마음 의지할 곳 없다

퇴근 후
일찍 집에 들어와도
날 반겨주는 사람은 없고 기쁜 일도 없는데
어린 외손녀가
아장아장 걸어와 날 반겨주니
한없이 마음이 간다

비록 말 못하는
어린 아이지만 내 마음을 알아주기나 하듯
아픔을 달래주니 고맙고
힘들 때 위안이 되는 손녀딸을
안게 되니
얼마나 행복한 지
모르겠다

가슴으로 사랑해 주세요

모든 사람은
그대가 사랑이 많다고 하지만
상술로 포장된 사랑은
아름답지 않습니다

사랑하려면
계산적이고 똑똑한 머리보다는
값없이 주는
가슴 따뜻한 사랑으로
해 주십시오

포장된 사랑은
낮고 깊지 못해 얼마 못 가서
그대의 속내가 드러나고
말 것입니다

사랑은
험한 그대 십자가를 지고 가듯
언제나 깊은 가슴으로
해 주십시오

기쁨 없이 갈 수 없는 길

주님의 사역을 위해
성전에 들어와
이불을 덮고 보니 구름에 떠 있는 것처럼
잠은 안 오고 동물원에 동물처럼
모두 쳐다보는 것 같다

아무 짝에 쓸모없는
이 못난이를 불러 주님 전에 거두시니
그 얼마나 영광인지 모른다

그러나 천국과도 같은
주님의 집에 크고 작은 가시가 그토록 많은지
죄 많은 죄인 주님께
딱 걸린 것 같다

크고 작은 가시에
인내치 못해 이리저리 빠져갈 틈새를 찾지만
그럴 때마다
더 아픈 가시가 기다린다

오 주님 내 고향으로
날 보내 주오

예수를 만나지 않았으면
이 고생은 하지 않았을 것을
하지만 주님의 말씀은
한결같이 하늘나라는
고난 없이 갈 수 없는 아름다운 곳이라고

말씀하셨듯이
인내하며 사역하니 아프게 했던 가시들은
모두 사랑으로 날 지켜주고
그 가시들이 세상에서 가장 사랑한
자신과 같은 존재임을
깨닫게 하는지 눈물이 난다

—청지기 삶을 살며

루디아 성가대와 여행을 떠나며

파란 하늘에
단풍이 울긋불긋한 이 가을
여행하지 않고서는 그냥 보낼 수 없어
부평중앙교회 루디아 성가대와 함께
가을 여행을 떠난다

강천산 길목을 따라
곱게 물든 단풍을 카메라에 담으며 올라가는데
등산객들이 얼마나 아름답게
차려입고들 오셨는지 그 자체만으로도
빨강 노랑 단풍이다

루디아
김효진 지휘자
강천산 풍경에 가이드를 대신하며 안내를 하는데
어쩜 그렇게 귀엽고 목소리 또한
꾀꼬리처럼 내 마음을 쏙 빼놓는지
그녀는 정말 사랑스럽고 예뻤다

단풍으로 물든
강천산 길목을 등정하는 동안
감탄사가 절로 나와 곱게 물든 이 아름다움을

어떻게 말로 다할 수 있을까
난 표현할 방법이 없어 한마디로

오! 주여

배경이 고운 단풍을
벗 삼아 포즈를 취하니 예쁜 모습들이
소녀처럼 카메라에 드러나
모두가 그 아름다움에
탄성이 자자하다

달콤한 술잔에 빠지다 보니

사람의
마음을 유혹하고
그 영혼을 끌고 가는 게 무엇이더냐
자신을 끌고 가는 게
잘나 빠진
소주잔에 유혹하는 여인의
손길이었더냐

나 잘난 인생
매일 술독에 빠져 양귀비 같은
여인의 달콤한 가슴에 안겨서 영혼을 빼앗기다 보니
세상은 비웃고
그 끝은 빈털터리에 깡통을 찬
탕자와 같도다

물질이 담긴 곳에
마음이 가고 주를 섬기기보단
소주를 섬겼으니 육신은 찬 땅바닥에
엎어지고 자신을 위해 주던
친구들마저 마다하니
그 인생 헛살았도다

세상에서 가장 행복한 사랑

하루에도
마음이 수없이 변해서
내가 날 잘 모르는데 당신은 날 알아도
너무 잘 알고 있습니다

바다처럼 깊은
마음속을 어떻게 속속들이 들여다보시고
당신이 나에게 임하셨는지
알 수가 없습니다

날마다 못난 나를
다듬어 주시고 푸른 초장에 뉘이시듯
사랑을 베푸시는지
당신은 분명히
내 안에 살아 숨 쉬는
사랑입니다

세상 것 값없도다

세상이
아름답다 하나 때가 되니 꽃잎은 지고
철새마저 날아가니
꽃 같은 인생 황혼빛에
서글프다

세상사 명예 권세
모두 누리며 인생 또한 즐거웠다 하나
결국 남는 건 하나도 없고
허울 좋은 모습에
세상 값없도다

날 위해 주고
영원히 울어 줄 것 같았던
사랑하는 여인도 내 곁을 떠나니
위안이 될 분은
오직 주님밖에 없구나

사랑하는 자신을 지켜라

삶을 비관해
매일 술독에 빠져 죽음의 물가로
끌려가는 자신을
동정하지 마라

자신의 영혼이
늘 깨어 있는 자는 아름답거니와
어떠한 고난이 닥쳐도
넘어지지 않고
꿋꿋이 이겨낼 수 있다

하찮은 시련에도
자주 넘어지고 자포자기하는 자는
고난의 늪에서
빠져나올 힘도 없고
영혼은 스스로 무너진다

그러나
힘든 시련 속에서도
자신을 지키기 위해 노력하는 자는
언젠간 축복받는 날이
찾아올 것이다

그와 함께한 세상

아름다운 세상
사랑하는 그와 함께할 수 있음이
크나큰 행복입니다

안개꽃 활짝 피듯
해맑은 그대 모습에 하루가 시작되고
꿈에 부푼 세상은
소망이 넘칩니다

그와 함께한 삶
몸도 마음도 즐겁고 사랑이 물결칠 땐
주님이 우리에게 축복하신
세상이지요

허락하신
하루가 기쁨과 행복이 가득할 땐
즐거운 새날이
또 기다려집니다

훈계도 사랑입니다

가까이 지내던 친구가
어느 날 훈계처럼 하던 말에 기분 나빠
난 아무 대꾸도 하지 않았고
평소 친구답지 않은 모습에
다신 그의 얼굴을 안 보기로 했다

그리고 시간이 많이 흘렀다
그러나 그가 나에게 상처를 준 말들이
하나같이 틀린 말들은 아니었다
그땐 마음이 무척이나 아팠는데
나 자신 때문에 생긴 일
그 말들은 꼭 지켜야 할 일이었다

달콤한 말보다 쓰디쓴
그 말 한마디에 내 삶에 깨달음과
교훈을 준 그 친구를
난 다시 바라보게 되었다

나의 세계 인천으로 오세요

나의 세계
인천으로 오십시오
사철이 뚜렷한 꿈의 도시 인천에서
그대를 사랑으로
맞이하고 싶습니다

오랜 문화를 자랑하는 미추홀
인천은 항만과 공업 그리고 수출입 도시로 다양한
레저 편의 시설을 갖춘
행복의 도시로
친애하는 그대를 기다립니다

설렌 가슴
푸른 하늘을 선회하며
21세기에 동북아의 허브 공항 인천을 향해
나래를 펴고
행복한 꿈을 펼쳐 보십시오

사랑하는
그대를 맞이하기 위해
예쁜 장미꽃과 함께 친절한 여행 가이드에
즐거운 일정을 갖길 기대하며

그대를 기다립니다

또한 그대와
푸른 바다가 보이는 라운지에서
감미로운 음악에 찻잔을 마주하며
즐거운 이야기를 나누고 싶습니다

–인천 아시안 게임을 앞두고

서러워 마라

나이를 먹어
황혼이 짙다고 옛 젊음에 자신을
묶지 마라

이미 떠나버린 세월은
되돌릴 순 없는데 술잔을 붙잡고
지난 추억을 그리워한들
젊음이 찾아오겠는가

가는 세월을 잡지 마라
어린 손자는 얼른 커가길 바라면서
내 나이는 먹기 싫어하니
오는 세월을 즐겁게 맞을 수 있겠느냐

철새가 날아가고
지는 잎이 서러워 옷깃을 적시지 마라
살아 숨 쉬는
이때가 가장 아름답고
행복할 때이다

다들 먹는 나이
자신만 서럽게 나이를 먹는 건 아니다
윗분들을 보면 지금 내 나이가
얼마나 소중한 것인지 알 것이다

3
그대처럼 행복한 자가 있을까

하루에도 수십 번
사랑하느냐고 물어보고 조바심에
복잡한 가슴을 드러내 잔잔한 내 맘까지
흔들어 놓은 사람아

내 사랑아 울지 마라

기나긴 세월
마음이 닳도록 오고 가던 내 사랑아
사랑을 넘치도록
퍼주고도 안 주는 이보다
못하는구나

내 사랑아
마음을 아프게 하지를 마라
사랑은 무지갯빛에
곱게 물들어 가는데 눈물로 옷깃을 적셔서야
맺은 사랑이 아름답고
영원하겠느냐

정분나도록
사운대는 그리움도 모두가 사랑인데
외롭다 울지 마라
오고 가는
마음 하나면 못 이룰 사랑이
어디 있다더냐

너를 지키고 싶다

그리움에
채우고 채워도 부족한 우리의 사랑
추억 속에 아름답게
간직해 보자

고왔던 사랑
시간이 흐를수록 눈물뿐이고
세상 너처럼 나를 아프게 한 사람도 없었지만
삶 허락하신 그 날까지
너를 지키고 싶다

가슴 시린 사랑
사랑이 아닌 집착이 아닐는지
속 좁은 마음 흐르는 강물에 흘려보내고
우리 서로 아름답게
바라보자

곱게 맺은 인연
가슴앓인 얼룩지고 힘든 삶이 찾아와
우릴 갈라놓더라도 끝까지
사랑을 지키자

사랑을 고백해 보세요

예쁜 화장으로
날 유혹하며 미소 짓던 그대가
아직 이렇다 할 속내를
드러내지 않으니
어쩐 일이랍니까

그대가 날 좋아하는
눈빛은 예사롭지 않은 것 같은데
마음을 살짝 숨기고 부인하는 모습에
난 미소 짓습니다

그러나 말하지 않아도
그대 속마음을 다 알고 있기에
능청맞게 이리저리 재며 나를 시험하지
않기를 바랍니다

신은 우릴 곱게 빚어
사랑하라고 귀중한 시간을 만들어
서로 붙여 주셨는데
그댄 부끄러워만 하니
어쩐답니까

내 마음을 돌려주시구려

오랫동안
마음을 함께 나누던 그대가
떠났습니다

소나무처럼
영원히 변치 않겠다던 사랑하는 그대가
갈바람에 낙엽 지듯
떠나갔습니다

난 아직 헤어질
준비도 하지 않았고 보내지도 않았는데
그대 맘대로 허락 없이
떠났습니다

그러나
지울 수 없는 그대
처음 맘을 돌려놓고 가기 전까진
그냥 보내 드릴 순
없습니다

그대가 떠난 자리

녹음이 짙은
오월에도 난 앙상한 겨울나무처럼
여민 가슴에 홀로 서
있습니다

비록 마주하는
친구들에겐 아름다운 미소를 띠고 있지만
그러나 하늘만 바라보아도
눈물이 흐르고
한여름에도 가슴엔 찬 서리가
내립니다

세월이 흘렀어도
가슴에 지워지지 않는 사람 때문에
멍울 지도록 슬퍼서
먼 산을 바라보는 바보가
되었습니다

사랑한단 말을 아껴라

사랑은
가슴으로 하고
사랑한단 말을 아껴라

수천 번
사랑한다 말했어도 헤어지잔
말 한마디에
헤어져 버리는 게
사랑이다

사랑한다고 했었더냐

무얼 더 바라겠느냐
그만큼 빼저린 아픔을 겪었으면
그만이지
눈물로 해 본다고
인연이 아닌 사랑이
맺어지겠느냐

아직도
가슴 한구석에
흘릴 눈물이 남아 있더냐
이루어지지 않는 사랑을 붙들고 가슴 아프게
미련은 갖지 마라

서로 사랑하는데 이유는 없다
그러나 가시밭길처럼 아픈 사랑을 감당하며
따라갈 수 있겠느냐

자신 없는
사랑이라면 애초부터 그 사랑 내려놓고
너의 행복을 위해
흐트러진 영혼을 잘 간추려
떠나거라

보고 싶은 그에게

사랑하는 그를
보고 싶고 그리워진다고 말했는데
침묵으로 숙연해지니
그가 정말 무심하다

삶이 고왔던 사랑을
갈라놓고 바라볼 수밖에 없었던
사랑의 인연
메말라 가는 모습에
가는 세월이 아쉬워 늘 눈물로 바라보는데
그는 알기나 하는지
무슨 생각에 젖어 있을까

사랑하는 그와
만날 날은 줄어들고
세월은 덧없이 흘러가는데
인사의 말이라도 자주 오갔으면 좋으련만
벌써 날 잊었는지
이 밤도 가슴을 적신다

영원한 사랑이 좋습니다

그와의 사랑
달콤한 아이스크림처럼 쉽게 녹는
사랑은 싫습니다

사랑이 식품처럼
유통기한을 두고 시간이 조금만 지나면
갈아 치워 버리는
사랑이라면 시작부터 하지
않겠습니다

마음을 보낸 만큼
사랑을 받지 못해도 푸른 상록수처럼
영원히 지지 않는 사랑이라면
좋겠습니다

아무리 쓰디쓴
사랑이라도 그와 영원히 함께하는
사랑이라면 마다치
않겠습니다

행복해 주세요

내 사랑아
마음을 활짝 열어 주오
지난 추억을 그리며 사랑의 손길을
기다리는데
그대의 마음이 닿질 않으니
인연 또한
끊을 때가 되었나보구려

꿈같은 나날들
그리움에 얼룩지고
고왔던 사랑
이을 길 없어 소리 없이 미끄러져 가는
기차에 야윈 몸을 싣고
하얀 안갯속으로
떠나가오

그대와 영원히 함께하리라

미지의 나라에
사랑하는 그대가 뱃길이 닿지 않아
보고 싶고 그리워
눈물로 강과 바다를 이룰 때 그 뱃길 위에
내 육신을 띄워 세상 끝이라도
그대를 만나보리라

머나먼
천사의 나라에
그대와 두 가슴을 마주칠 수 없다 해도
그대가 있는 곳이라면
내 모든 것 내려놓고 하늘 끝이라도
찾아가 영혼만이라도 그대와
함께하리라

사랑하는 그가 떠나갈 때

다정히
머물러 주던 그가
소리 없이 멀어져 가는 것을 보고
마음이 떠났다는 걸
느꼈습니다

멀어져 가는
그를 붙잡고 싶었지만
그러나 그대 편하게 보내 드리고 싶었기에
모든 것 내려놓고
그를 바라봅니다

초라해진
자신 때문에 그를 다독이지도 못한 채
없는 미소를 지으며
보낼 수밖에 없음이 너무나
미안했습니다

사랑하는 그를
끝까지 지키지 못한 게
눈물 나게 서운하고
지금 할 수 있는 것은 뻥 뚫린
내 맘을 다스리는
일입니다

그대 반쪽이 되겠습니다

외로운 세상
홀로 서가는 우리 인생
아름다운 사랑이 되어 그대의 반쪽이
되고 싶습니다

그대가
힘들고 지쳤을 때도
기댈 수 있는
편안한 안식처가 되어 그댈 위해
기도하는 자가 되고 싶습니다

비록 빈털터리에
남은 것은 상한 몸뚱어리뿐이지만
주께서
허락하신 세상 끝까지
그댈 지키며
아무 말 없이 그대 곁에
머물고 싶습니다

핑크빛에 물든 사랑

그저 바라만 보아도
좋아지는 그대
세상을 다 얻은 듯 가슴 부풀어 가는 사랑
눈을 뜨고 감아도 하루가 온통 그대뿐이고
이리 보고 저리 보아도 그대가
참 내 맘에 듭니다

가슴 설렌 사랑
언제나 속삭이는 눈빛으로 말하고
가슴에 숨 쉬는 사랑 비눗방울처럼 불어나
하늘을 떠가고 하루가 기쁨으로 넘칩니다

사랑은 핑크빛에 물들어
이른 아침부터 늦은 밤까지 생각나는 사람
날마다 꼭 껴안아 보지만
그러나 눈을 뜨고 나면 달콤한 꿈속의
그댄 그립습니다

그대 따라 이 세상 끝까지

하늘이 맺어 준
그댈 따라 내 인생을 열어가니
영혼이 아름답고
어두운 인생은 빛이 됩니다

그대와 함께하는 삶은
기쁨이 되었기에
아무리 험한 가시밭길도 마다치 않고
허락한 인생 끝까지
그댈 따르렵니다

가슴에 묻은 그대
천하일색 양귀비라도 부럽잖고
나 자신과 같은 그대
세상 그 무엇과도 바꾸진
않겠습니다

사랑이 하나밖에 없다던

빛바랜 사랑에
가슴 여미어 옷깃을 적시지 마라
이미 떠나간
사람을 붙잡는다고 사랑이
다시 돌아오겠느냐

겉과 속이
다른 사람을 그리워하며 사랑해 본들
가슴만 태워질 뿐
남는 게 무엇이 있겠느냐

사랑의 상처는
흐르는 세월에 치유될 것이기에
불필요한 인연 토해내 그 사람으로부터
자유로워져라

사랑의 인연은
언제나 돌고 도는 것
맺어지지 않을 사랑 추억으로 곱게
갈무리해
훗날 더 나은 사랑을 위해
참고 기도해라

그대처럼 행복한 자가 있을까

그댄
사랑이 깊어갈수록
마음을 주고받지도 못하고
하루만 못 봐도 그리움에 사무쳐
울어 버리는 철없는
사랑아

하루에도 수십 번
사랑하느냐고 물어보고 조바심에
복잡한 가슴을 드러내 잔잔한 내 맘까지
흔들어 놓은 사람아

소슬한
바람만 불어도
흔들린 나뭇가지처럼 마음을 잡지 못하고
잠 못 이루는
그대 같은 사람이 또 있을는지
너무나도 안쓰러워라

옷깃을 여민
그대 곁엔 사랑하는 사람이
날마다 기도를 하며 지켜보는데도

멍울 진 그리움만
껴안고 사는지
그대처럼 행복한 자가
또 있을까

사랑을 확인하고 싶습니다

난 행복한
꿈을 꾸고 있나 봅니다
파도처럼 밀려왔다 밀려가는 사랑이
나를 그 어디론가
소리 없이 끌고 가기
때문입니다

고독했던 내 인생
사랑스러운 그대의 따뜻한 마음이
날 다독이고
사랑을 쏟아 주실 때마다
난 단꿈으로
물들어 갑니다

힘든 삶이 찾아와도
그대라는 사랑이 있어 내 인생은 강물처럼
넘치는 기쁨에
하루해는 무척이나
짧고 곱습니다

그러나
그리움이 찾아와

눈가에 이슬이 맺혀 옷깃을 적실 땐
그대 두 가슴 끌어안고
촉촉한 사랑을 확인해
보고 싶습니다

그리워하며 사랑합니다

고왔던 인연
그리워하며 사랑할 수 있음이
삶에 기쁨이고
그 얼마나 축복인지
모릅니다

하루의
모든 시간이
그대 향한 그리움에 단 한 순간도
잊어 본 적이 없었고
영혼 또한
하나였습니다

내 인생에
가장 아름답던 사랑
바람결에 내보이면 멀리 사라질까
가슴 깊이 숨겨두고
그리우면 살짝 꺼내 봅니다

그러나
길 없는 사랑
달빛에 서로 바라볼 수밖에 없어

서글픈 가슴 부여잡고
오늘도 그리워하며
사랑합니다

이별 없는 예쁜 사랑을

어차피 시작한 사랑
믿음 안에서 함께할 수 있는
영원한 사랑이길
소망합니다

사랑의 그리움에
서로 멀리 있어도 아름답게 바라볼 수 있는
밝은 모습에
울지 않는 사랑이길
기대합니다

욕망이 넘친
사랑보다는 순수하게 열매 맺고
축복받는 사랑이면
정말 좋겠습니다

기쁠 때나 슬플 때나
서로 기도하며
껴안아 줄 수 있는 가슴 따뜻한 사랑이면
더욱 행복하겠습니다

삶이 우릴 가른다 해도

사랑만은 그 무엇보다 소중히 여기며
이별 없는 예쁜 사랑을
하고 싶습니다

사랑한다고 해주세요

그대여
사랑한다고 말해주세요
처음 맘처럼 속 시원히 사랑한다고
해주세요

시간이 흐를수록
침묵하고 석연치 않은 사랑
바라보기엔 마르지 않는 눈물에
그리움만 가득해
홀로선 겨울나무처럼
애처롭습니다

기쁨보다
아픔만 되새김질하는 사랑
애초부터 마음을 조금만 주었더라면
맺은 사랑이 아름답고
행복했을 듯 합니다

사랑한다고
한마디만 해주세요
목말라하는 사랑 마음을 활짝 열어
아픔 없는 사랑으로
항상 곁에 있음을 알게 해주세요

사랑은 아름답게 해주세요

그리워
수천 번을 사랑한다 했어도
말 한마디에 쉽게 토라져 버리고 집착과
질투가 가득해
자기만 쳐다봐 주길
바라는 그대

죽을 만큼
보고 싶어 전화통을 밤새 붙잡고
뜬눈으로 보냈으면서도
막상 만나고 나면
아무것도 아닌 말 한마디에
다신 안 볼 것처럼
씩씩대고

한번 삐치면
몇 날을 이불 속에서 울며불며
불어터져
유언이나 하듯
이젠 세상에서 자기를 다신 볼 수 없다고
먼저 토닥거려 주길 바라던
어린아이와 같은 그대

우리 사랑 회복해 봐요

그댈 사랑합니다
삶 끝까지라도
그러나 그댄 사람을 몰라도
너무나 몰라요

한평생 같은
지붕 아래 살면서 마음이 따로 시니
그대가 곁에 있음에도
늘 외롭고 허전해요

남녀가 만나면
몸도 마음도 함께 하는 걸 잊으셨는지
그동안 멀어진 사랑
곱게 바라보며 서로 사랑한다고
껴안아 봐요

행복한 가정을
위해선 돈도 중요하지만
냉랭한 우리에겐 따뜻한 사랑의 손길이
더욱 아름다우리라 믿어요
우린 현명하니까

내 인생은
오직 그대 하나뿐인데
말 없는 그대 때문에 오늘도 난
멀리 떠날 준비만
하고 있습니다

사랑과 이별

하얀 달빛에
그와 가슴 맞댄 밤은 뜨거웠어도
이별하는 아침 바다는
살결이 차갑고
가야 할 영혼은 뱃길을
트지 못한다

지난날 백사장에
발자국으로 곱게 수놓았던 사랑의 인연
끝까지 지키지 못하고
그가 잠든
겨울 바다를 따라 떠나가니
갈매기 떼 울음소리는
내 맘을 이야기나 하듯 구슬프게
들려온다

그동안 파도처럼
만나고 헤어지는 애틋한 사랑
서러움에 젖어들고 수 없이 쌓아올린
사랑의 탑
지금은 물거품이 되어 가슴엔
커다란 멍만 남는다

사랑한다면서

사랑이 무엇인지
그대가 한번 말해 주세요
우린 왜 남들처럼 사랑하지 못하고
바보처럼 바라볼 수밖에
없는지를

우리 처음 만남이
사랑한다는 것 뭐 그런 것 아니었는지
속 시원히 말해 주세요
그대를 위해 얼마만큼 기도하며
마음을 가져야
그댈 얻을 수 있는지

고운 눈빛에
예전처럼 사랑해 주세요
사랑하는 그대를 놓고 떠나지도 못하고
끝없이 눈물만 흐르기에

책임지지 못 할 사랑
자신도 없으면서 어쩌자고 사랑한다고
그랬어요, 왜 그랬어
이젠 보내지도 못할 거면서
어떡하려고

가슴 따뜻한 사랑

아름다운 그와
함께 시작한 사랑 내 맘이 설레고
잔잔한 미소가 소리 없이
흐릅니다

가슴 따뜻한 사랑
마주할수록 풋풋한 입맞춤이 다가오고
밤낮 단꿈을 꾸듯
행복합니다

바라만 봐도
사랑스럽고 핑크빛에 가슴 부푼
해맑은 사랑
꿈결처럼 곱습니다

언제나 가슴 속엔
사랑하는 그가 살아 숨을 쉬고
하루가 온통 그대 그리움에
물들어 갑니다

우린 너무 오래 사랑했어

말뿐인 사랑
끊임없이 다독여도
내일이면 믿음이 깨지는 빛바랜 사랑
촉촉한 눈물로 도려내도
미련이 간다

그리워하며
사랑한다 말해도
만나면 이유 없이 다투고 서로 토라져 버리는데
바보같이 늘 그렇게 빠져가는지
나도 모르겠다

사랑해서
맘을 모두 빼앗기며 정은 들었다지만
사랑은 아름답지 못하니
우린 너무 오래
사랑했었나 보다

눈물짓도록 보고 싶은데

깊고 푸른 밤
사랑하는 그를 그리며
단잠에 빠질 땐 예쁜 그가 어느새
내 곁에 다가와 있는지
모릅니다

그러나 보고 싶은
그를 반가움에 꼭 껴안아 보지만 눈을 뜨고 나면
그는 온데간데없고
멍울 진 가슴만 태웁니다

보고 싶고
그리울 때마다
그를 불러 보지만 꿈속에 살짝 왔다 가는
그가 고요히 흐르는 달빛에
빛바랜 사진만 적시게 합니다

4
이 밤도 사랑의 인사를

조용히 눈을 감으면
꽃망울이 터지듯 찾아오는 그리움은
커피 한잔에 목을 축이면
낭만적인 밤이 됩니다

봄은 벌써 찾아왔습니다

얼어붙은
내 마음에도 꿈결 같은 봄이
찾아왔습니다

아직은
대지가 꽁꽁 얼어붙고
눈이 쌓여 있지만 그대 사랑의 향기에
봄은 곱게 찾아왔습니다

예쁘게 치장한
그대의 화사한 드레스가 하얀 목련처럼
온 세상을 아름답게 수놓고
봄은 그렇게
찾아왔습니다

봄은 벌써 찾아와
사랑의 꽃망울이 터지고 설렌 가슴은
사랑하는 그대를 향해
달려갑니다

따뜻한 봄을 맞으며

파릇파릇한 새싹이
산과 들을 수놓고 꽃망울이 곱게 필 때
움츠렸던 마음과 육신은 아지랑이처럼 피어올라
향긋한 봄을 맞이합니다

진달래꽃 피고
산새가 지저귀는 봄 양지바른 마당엔 병아리가
암탉을 따라 여기저기 삐약거리고
아가가 아장아장 걷는 걸음마에
따뜻한 봄은 한 걸음 더 가까이
다가왔습니다

살랑살랑 부는 봄바람에
사랑하는 임의 입술은 붉게 물들어 가고
봄 햇볕에 타는 임의 예쁜 얼굴은 스카프에
살짝 가린 채 나물 캐는 모습이
정겹게 다가옵니다

봄 향기에 물든 사랑

사랑의 편지에
마음을 살짝 열어 주세요
봄 햇살에 아지랑이처럼 피어오를
무지갯빛 사랑을 아름답게
수놓고 싶습니다

연분홍 진달래 피듯
예쁘게 미소 짓는 그대 모습은 얼어붙은
마음을 녹이고
파릇파릇한 봄 향기와 함께
사랑은 곱게 찾아오리라
믿습니다

산새가 지저귀고
꽃이 필 때면 시간을 좀 내주세요
따뜻한 봄의 생기가 돋아나는 뒷동산에서
그대와 두 가슴 맞대며
행복한 사랑의 꽃을 피우고

깊은 밤을 맞이하며

고요한 창가에
둥근 달이 떠오르면
복스러운 목련꽃이 활짝 피어나듯
그대 모습은
떠오르고 낭만적인 밤이
찾아옵니다

봄바람이
살랑살랑 불어오고
사운대는 별빛에 고요한 밤을 맞으면
가슴 설레고
그대 향한 그리움으로
깊어집니다

그러나
깊은 밤을 따라
사랑하는 그가 샛별처럼
멀게 느껴지고 그가 말이 없을 땐
눈가에 촉촉이 맺힌 이슬은
고요한 밤을
허물어 갑니다

꽃향기 가득한 사랑

생글생글한
그대의 해맑은 모습은 뜨락에
곱게 핀 하얀 백합처럼
아름다워라

꽃보다 예쁜 그대
촉촉이 젖은 입술은 살짝만 스쳐도
가슴 설레고
반짝이는 눈빛은 언제나
사랑스러워라

그대 따뜻한 마음은
내 영혼에 고운 생기를 불어넣고
기쁨과 행복을 주는
사랑이어라

사랑하는 수선화야

세상을 떠돌다
길 없는 벼랑 끝에 홀로 핀
샤론의 꽃 수선화야

푸른 달빛에
곱게 핀 너를 볼 땐
내 임의 고운 모습을 보는 것만 같아
가슴 속에 숨 쉬는 사랑이
피어오른단다

새벽 별이 사운대는
깊은 산 속에 샤론의 꽃 수선화야

아름답게 피어난 너의 자태는
향으로 가득해
임의 품에 안긴 것처럼
향기롭구나

세상 그 누구도 꺾지 못할
신부처럼 수줍게 고개 숙인 모습이
사랑하는 임처럼
참 예쁘기도 하구나

그대와 떠나고 싶습니다

수평선을 따라
갈매기 떼가 끊임없이
날갯짓하는
꿈의 세계로 사랑스러운 그대와
여행을 떠나고
싶습니다

지친 삶의 멍에를
모두 벗어 버리고 뭉게구름에 떠가듯
사랑의 꿈을 꾸면서
푸른 남태평양에
나래를 펼치고
싶습니다

설렌 바다에
산호초가 춤을 추고 물고기가 보이는 그곳에서
그대 머리 위에
장미꽃을 꽂아
사랑을 속삭이며 행복한 여정을
보내고 싶습니다

둥근 태양 아래
환상의 에메랄드 빛 비치에서 그대와 나
두 가슴을 맞대며
꿈결 같은
사랑에 흠뻑 취해보고
싶습니다

사랑을 노래하는 바닷가

여름날 사랑의 꿈은
출렁인 파도에 가슴은 설레고
수평선 위엔 사랑스러운 그녀의 모습이
뭉게구름처럼 떠간다

날 부르는 푸른 바닷가
갈매기 떼 춤을 추며
끝없이 밀려왔다 밀려가는 파도는 사랑을 노래하고
사랑하는 그녀의
긴 머릿결은 잔잔한 해풍에
아름답게 휘날린다

부드러운 손 마주 잡고
다정하게 걷는 모래사장에 사랑의 발자국을 남기며
바닷가의 감미로운 사랑을
수놓는다

곱게 미소 짓던
그녀의 검은 눈빛은 푸른 물결에 반짝이고
가냘픈 하얀 몸매는 뜨거운 태양에
검게 타들어 간다

에메랄드빛 바다

상큼하게 불어오는
시원한 바닷바람에 그대의 고운 미소는
몽실몽실 뭉게구름처럼
피어오르고

갈매기 떼의 노랫소리는
에메랄드빛 바다에 출렁이는 파도를 따라
감미롭게 들려옵니다

커다란 뱃고동 소리에 가슴은 설레고
선상에서 마주 본
그대의 반짝인 두 눈동자는
별빛처럼 빛납니다

사랑스러운 그대 머릿결은
바닷바람에 휘날리고
꿈을 실은 그대와 나의 행복한 사랑은
수평을 따라 곱게 물들어 갑니다

그대가 보고 싶어지는 밤

그리운 마음
밤하늘 달빛만 보아도
가슴이 멍울져 소리 없는 눈물이
흐릅니다

생각만 해도
보름달처럼 떠오르는 그대
가슴 시리도록 바라볼 수밖에 없어서
영혼이 밤하늘을
떠돕니다

오늘도 별빛이
찬연하게 쏟아지는 밤
길 없는 창가에서
와인잔에 마음을 달래며 사랑하는 그댈
그리워합니다

밤이 깊어갈수록
사랑이 머문 자리엔 그리움이
짙게 물들고
달빛에 가슴앓이만
깊어집니다

가을 사랑이 행복합니다

그와 함께하는
이 가을이 너무나 행복합니다

풍성히 익어가는 알곡처럼
우리의 사랑도 어느덧 곱게 익어 가고
가을 하늘처럼
소망도 가득합니다

만지면 터질 듯
부풀어 오른 사랑은 가을 하늘에
곱게도 떠갑니다

따가운 햇볕 아래
솔솔 불어오는 갈바람에
사랑은 아름답게 물들어 이 가을이
행복합니다

사랑을 눈물로 도려내며

억새꽃 춤추고
가을이 무르익는 노을 진 벤치에서
흔적 없이 떠난 사람을
오늘도
그리워합니다

소슬한 바람에도
가슴에
차오르는 심연의 눈물은 가을 하늘을
이슬 지게하고 옷깃마저
촉촉이 적십니다

사랑한 만큼
여운을 남기고 시간이 지날수록
그리움이 가득한 사랑
결국 흐르는 눈물에 그 사랑을
도려냅니다

갈 곳도 없는데

나뭇가진 앙상하고
눈이 곧 내릴 것
같은 오후
갈 곳도 없는데 무작정 멀리 떠나고 싶어
옷 몇 가지를 가방에 꾸려
집을 나섭니다

찬바람이
나부낀 가을날
정류장에 나와 몸도 마음도 가누질 못해
머뭇머뭇 같은 노선버스를
몇 댈 보냈는지
지나가는 버스만 멍하게
바라봅니다

예전엔 밝고
아름답던 나였는데 요즘 들어 마음이
그토록 외로워지는지
오늘도 차가운 바다를 찾아
마음을 달래느라
몸부림을 치고
있습니다

이 밤도 사랑의 인사를

그댄 안녕하신지
이 밤도 커피잔을 들며 그대에게
사랑의 인사를 드립니다

이른 아침부터
그리움으로 시작해서
그리움에 끝을 맺는 하루지만
믿음 안에 바라본 그대 사랑은
매우 긍정적입니다

조용히 눈을 감으면
꽃망울이 터지듯 찾아오는 그리움은
커피 한잔에 목을 축이면
낭만적인 밤이 됩니다

길 없는 창가에서
그대가 보고 싶고 적막해진 밤에도
커피향과 감미로운 음악을
밤하늘에 띄우면
그리움은 안개처럼
걷힙니다

가슴앓이를 지우며

어두운 카페에서
가슴앓이를 지우기 위해
술잔에 목을 적시지만 맘을 다독이지 못한 채
발길은 갯내음이 풍긴
바다로 향해진다

그러나 바닷가엔
반겨주는 이도 없고 아픔을 씻어 새 마음으로
돌아오는 것도 아닌데
바다에 발길이 자꾸 가는지
모르겠다

오늘도 가슴앓이를
풀기 위해 출렁이는 바다에 마음을 띄워 보지만
사랑하는 사람만 생각날 뿐
위로가 되지 않아 쓸쓸히 발길을 돌린다

사랑은 끝없이 찾아오는데

고왔던
세월은 어느덧 흘러
흑단 같은 머릿결은 희어가고
잔주름에
인생은 노을지는데
가슴 속에 사랑은 잊으려면 끝없이 찾아와
마음을 흔들어 대니
어이할꼬

꽃은 피고 지고
사랑하는 임은 기다림에 손짓하는데
자유롭지 못한 사슬에 매어 긴긴 날을 가슴을 앓으니
새는 슬피 울고
길 없는 사랑은 애잔하기
짝이 없어라

곱던 사랑의 인연
가슴을 맞대지 못하고
삶 끝까지 그리워하다 말없이 묻힐 사랑
바라볼수록 눈물은 강을 이루고
가슴앓이는
오늘도 달빛 그리움을
수놓는구나

사랑은 그리움이었네

고독한 인생에
빛과 같이 찾아온 여인
보듬어 주도록 사랑스럽지만
언제나 꿈속처럼
그리워라

고왔던 인연
꿈결처럼 곱다 해도
사랑은 채우고 채워도 목이 마르고
사랑의 무게만큼이나
옷깃을 적시네

찬연한 달빛에
여인의 미소는 사운대고
가까이할수록 사랑은 애잔한 그리움에
끝없는 아쉬움만
남는구나

그러나
질기고 질긴 사랑
가슴앓이로 끝을 맺는다 해도
그리운 사랑 내세에 다시
품고 가리라

사랑이 함께한 인생

길고도 짧은 인생
앞산에 물들어 가는 단풍처럼
곱기도 해라

고왔던 인생
중년의 고갯길을 따라
사랑스러운 여인까지 껴안고 왔으니
노을 진 들녘엔
억새꽃
곱게 휘날리는구나

젊음을 불태우며
사랑으로 물들어 가던 즐거운 인생
비록 삶은 곱진 않았지만
정녕 후회는 없으리라

삶의 여정에
노을빛 사랑으로 차오르는 인생
끝없는 지평선에
한없는 축복이었네

겨울 향기에 사랑을 피우리라

앙상한 나뭇가지에
마지막 잎새를 바라볼 땐 난 집시처럼
외롭고 초라해진다

계절 따라
살짝 피고 간 꽃처럼
보내지도 않았던
사람마저 홀연히 떠나갈 땐 외로워진 내 마음은
진주 같은 눈물방울이 떨어져
늦은 가을 찬 서리가
맺힌다

그러나 외로운 마음
백설이 내리는 날
서둘러 떠나갔던 그대를 기다리며 그립던 사랑
하얀 눈꽃 사랑으로
다시 피우리라

하얀 겨울을 기다리며

가을날
곱게 물든 단풍이
피멍 든 내 사랑을 이야기나 하듯이
온 산을 붉게 수놓았다

그러나
무성한 단풍잎은 멍울진 사랑처럼
외로운 계절을
끝까지 이기지 못하고
가을의 유서를 남기며
소리 없이
떨어져 간다

차가운 계절 앞에
모든 잎을 내려놓은 앙상한 나무처럼
홀로 선 자신에
지울 수 없는 사랑
아픈 영혼을 위해 추억으로
곱게 갈무리하며
하얀 겨울을
기다린다